$h=1/2gt_2$

過激な夢想家の桃

久保俊彦詩集

$V=gt$

$F-ma$

$to=0$

$Ma=Mg$

$F=kma$

土曜美術社出版販売

詩集　過激な夢想家の桃＊目次

Ⅰ　ことばの迷宮

Ⅱ　いまいましい果実

詩集　過激な夢想家の桃

Ⅰ　ことばの迷宮

＊ de Lettres

しゃがみこんで
歌が生まれた
そして　硬く閉じられる時に
その唇を埋葬する

空に口づけをしたいくつもの濁点に
しみが変化していく
未来形に挑んだ敗北の
嘆きが涙のようで……

まとわりついた
訓読みの弧線
すっと伸びていく
修飾された活字に久恋した

背後から聞こえる
声の正体
隠された
活字を探す

歴史の道化は
はじめに罪ありき
暴力の鈍化が普通でも

分母に棲む暗い因子が重く圧し掛かる

いくら経っても
あの時のままだった
塗りこまれた暗闇に囲われて
ここかしこで発光する銀河のように……

＊ Lettres…表音文字。

de Caractères *1

白文を黙読すると
巫師の呪術に誑かされる白昼夢
荒々しい文字の口承の変遷
裂けた欠片を目印に
痛い文様が擡《もた》げ
遡る野蛮の飢えた時代が見えてくる
不条理な撫で切りされたままの
揮えた刻もあった
マルサス以降は目もくれないが……

窓がないモナドは
囲いに憩う茶請けの籔団子
添えられた黒文字で
もてなす贅沢は
味蕾が●をのせて
意匠の微積分を組み合わせた世界
高台のクロモジが
糸底を回転させ相似となり
渋が煤けた臭いと相まって
炎の穂に見え隠れする記号
ライプニッツも気づいたか
平仄《ひょうそく》が剣山に突かれている
何層も重ねて装飾された
読経される馴染みの韻律

パイディア[*2]に数珠が繋り
不可解な楷書の義訳が
梵字で化かされそうな勤行も
音読みが枯れ葉のように声明を発する
まだ　明け足りない寅ノ刻
数多の意味の成り立ちが物語と重なる

＊1　Caractères…表意文字。
＊2　パイディア…希臘思想の根に流れキリスト教に受け継がれた教育理念。

彼岸花の咲く頃に……

彼岸花の咲く頃
畔一面の赤い具足
恐ろしくもある夜の絵巻は
カニバルに怯える
安心できない眠りが続いている

彼岸花の咲く頃は
墓参の何気ない摘花
伝承とおり

歯根が陰極に転げて
粗相をしたから
おののきうろたえる

彼岸花の咲く頃が
連続して重なる赫
先端にある情熱が支配している
再会をはたした恋人に
めぐり合いは悲しく
別離の明日を暗示する

彼岸花の咲く頃も
濡れている紅雨
まるで毒に冒されたような

朽ちた姿は醜く
焼けた屍のように
黒く汚れてしまう

葉を見ずして咲く花が
忘れられた花―不親知　捨て子草
矢毒に使う　痺れ花
夢想する　狐の松明
冠のつく梵語が語る　曼殊沙華……

兎

月

自分の存在のあかりを知らずにいる
一定周期で猫目が走る
時には本来の像《すがた》さえも
あまつさえ不在を歎くことすらなく……

朔より満たされぬ影には
俳人の想像力も失墜し
躙口《にじりぐち》の甃《いしだたみ》で項垂れている

寒暖計に水銀が上下して
アンドロギュノス*の存在を証明した

薄の手招きに喉がかさつく
オトギの限界は人格に及ばない
ぼかしを維持する夜長では
光線が入る闇を愛でる昼の夢は背信と映る
潮の干満に排卵の合図は冷たく躓かせていた

心をからっぽにしても
月の余韻に同化しようとしても
風土記では
騒がしくなる宴に似て
なぜか　夜は陰に怯えた

発狂するほど伸長する蔭に跳ねる
生理不順な女を床に臥せさせ
自転しながらも支配する
落陽に嫉妬した定家は不貞腐れる
伝説が形容されるあなたを知ったから……

＊　アンドロギュノス…両性具有者。プラトンの「饗宴」では月を男女《アンドロギュノス》とした。

Whale・アリス

噴気孔から吹き上がる
獣臭が充満する
象の鼻腔とよく似ていて
噴煙が囂々と
水際に狼煙のような水飛沫を
滝のように空高くばらまいて
魚類の生息域の海で
怒濤のなかでも呼吸している
京《けい》ほどの大きな黒い塊
波も自由に操ってしまうかのようだ

かつて　狩人はそれを見逃さないでいたのだが……
鯨の歌・51.75Hz
特異な周波数は
動物界で最も複雑な音であり
ある学者は
「マトリョーシカのような音の階層に
学術的想像力をかきたてられる」
子供たちが運動する声に似ているともされ
大海原に響く　聞きほれる
なめらかなSEA SONG
遑彼方《はるか》で泳ぎ遊ぶのがわかる
歌唱交配をしないから
仲間がいない
孤高なWhale・アリスよ！

櫻の園

花の下に春は……
騒がしい開花では
冴えた三日月が澄み渡る
条線が目立つようになる爪のように

散りなんとするリリア
季節はまだ冷たい
山櫻のはかなさ
想い出す伊勢物語を

散ればこそいとど櫻はめでたけれ
　うきよになにか久しかるべき

反歌に詠う
悩ましき　花
業平の慕う心持ちさへ
乱してしまうほど

風にそよぎ消えゆくなか
花のぬしを忘れぬものならば
涙をためて死出に行くわかんどほりばら
詠み人知れずの夜櫻の園には

（櫻の樹の下には屍体が埋まつてゐる！）

衝撃が心を怯えさせる
息を引き取る前
掌に花神が分けてくれた
さざれ　さらさら　さざれ　さわさわら……

憂えうるばかりの現世のぬくもり
そこはかとない溜息が溢れる
救えるものもあるか
それこそ夢というものか

どこからか聞こゆる声
翻弄されてしまう

境界であがく
労咳の青年Ｋはいつ死を覚悟したか

藪蛇が白い腹をみせて笑う
見入られた獲物が
凍りつくひとコマかま首をもたげた
ドラクロア曰く「愚かな世紀と決別したい」

今　命尽きようとして
空を切る剃刀が
頸動脈の咬傷にしわぶく血
吹雪のようにあふれ出る

樹に唾液ほどの瘤塊

屍が累々と堆積した静物
幹の土を被せて埋葬したような
虫や変性菌が姥樹を飼っているとも知らずに

満開からの出番は
群がる葉櫻
夜に光る鱗粉
蜻蛉たちの透明な翅脈

太い幹も暗がりで
いびつに害された
残り香すら朽ちて
養分としての循環が静止する
はらはら散りいる極限の象徴

消化されない不安を
滾らせる　美
はらはらと散りいる極限は
共鳴した寸前の心象

あなたのファウスト

アンリ・プッスールの主題による一編

熾《おき》に興奮した蛾のフェロモン
守り刀の房紐が解けて体液痕を残す
夏祭り　死装束で鱗粉をばらまく賑わい

弔いは腐乱の色気がみちて
爪先からも進行して艶かしい
死化粧で白肌をいっそう際立たせるのが怖い

お前もか　取り乱したコルヴィッツ！
砂時計の中にいる幼生が成長を止め
重力に耐えアトラスが支えている
ボタ山が硝煙に黔《くす》む蟻地獄にも似た砲弾痕

いつも後をひくレム睡眠
寂しさは不安定な心の解消にはむなしく
落ちてくる　星夜
溜息が無関心を装い待ち詫びて

孤独につままれた宵闇
赤く染まるサンゴ草のような初潮に
膨張色の楕円の月を処女たちのせいにする

街頭では見えない催《もよい》の結界
アドレナリンを抑制できない息巻く姿態
しまいに高砂の端唄も終わりに近づくというのに……

かつて見た冬景色
凍てついた厚氷はねじりの位置で
衝撃が直進した叫び声に
「あなたのファウスト」の内耳が痛む理由

破片の化石はミトコンドリア・イブか……
実や花粉に雑じり発掘された
いみりの入った妖艶なオパールに包まれて
Y染色体・アダムはどこだ！

退屈すぎて荒れる風景
ラ変の連用形に転移して隅におおいやられ
哲学に降参したニーチェが項垂れる

平等という曖昧な概念に息を潜めるブルジョア
飾られた自画像がどうして搾取されないのか
イデオロギーが覚醒しプチブルに遮られたからか

思考の序章は割り切れない複数解
躁で開かれた　労働
鬱の閉ざした　倦怠
カエサルが賽を投げて「場合の数」に覚悟を決めた

羅針盤の振れた針

時化に弱音をはく自動詞に
北極星《Polaris》から蜘蛛の巣を転記されたポルトラノ*
火薬の煤けた航海に嚔《くしゃみ》をし眼を擦っている

* ポルトラノ…羅針盤の中心から放射する方位線が特徴の海図。大航海時代に栄えた。

白の物語

大腿部を貫いた　牙
タール色に染まった白いアドニス
アルビノの福寿草は
ハナトナッテ
チリマシタ……

思わせぶりな風の花・ανεμώνη《フネモネ》
したたかな女のように
煌びやかな薔薇文字が秘密裡に書き写され

身綺麗でも喧しい仮面舞踏のおしゃべりに似た
何時しか毒に首まで漬かるのを予言する

多視点の複眼はどこを見ているのか
触覚と通じるがぼやける視点
細い光にも反射的に動けるのは
飛来する獲物を捕捉するために身に着けた
蛆がいつまでも喘ぐのが見えたから

余白に浮き出る内海
我が物顔で飛ぶ海鳥たち
気流に煽られていた光がチカチカして
一瞬　網膜から消えた
積乱雲に隠れて虹のその色が不完全だったから

雪の女王が降りてくる
山から風花が舞い落ちる
氷の装束は恨めしいほど美しいが
目を合わすと落命する
今に伝わる伝説は本当だろうか……

渚にて

彩雲のようなロドプシン*1
光りを浴びて退色するから
夜間視野が成立する

眩しい光の粒
そばかすには痛いほどだった
覚醒しない午睡では

打ち寄せてくる波しぶきに

産卵をするためにやって来る
海風に抱卵した夥しい数の赤備

束が十三本となる葉緑体
連なった染色質の螺旋が
炎色植物・ウズベンソウ

種が円直移動するように
昼顔は萎んでも
Aiolos[*2] は癒しを運ぶか……

浜辺で貝拾いをして波で遊び
水平線に産み落とされる陽に
水切りをして戯れが懐かしい

紋に刻まれたメトロノーム
アンダンテなキーシンの音
砂を弾く旋律が新鮮だった

帰巣時
一斉に羽ばたく海鳥たちの
風切羽の揚力がたくましい

＊1　ロドプシン…脊椎動物光受容器細胞に存在する色素。視紅。
＊2　Aiolos…ゼウスの子で風の神。

蒼穹・tohku te chikaku te

ラテン語で「地球」を意味するTerra
比較的平易な語彙だ
もう　二名法のリンネの時代には遡れないし
残酷で散々な陰口に
dead language といわれ納得できない
敗北した文語は沈黙したまま塵に埋まっていく

ギリシャ語では怪物（teras）も同一だ
T《テラ》（10^{12}）という数・兆　表記違いも同一発音

E《エクサ》（10^{16}）という数・京　引退したスパコン
時間のような巨大数スキューズよりは小さいが
鯨という字は
魚偏に京《けい》

クジラは地球より大きいことになるのか
海で泳ぐ雄姿は恐ろしく大きく見える
黒い塊は怪物にも決して引けを取らない
空間に浮かんだ青い星
多様な生態が生を営んでいる
オルフェウスが登場し
準星・ケレスや小惑星など役者は揃った

月と地球の関係―ジャイアントインパクト説

シミュレーションを観察すると
創造的「ピタゴラスイッチ」にも共通する
仮説といえども月の形成に関する説も面白い
だが　フェルミのパラドックスもある
説得力のある方程式が必要なのか

「光線が地球の大気いっぱいに閃いて
水平線が鮮やかなオレンジ色に煌くと
次第に虹の全てに変わり始めた
淡い青から暗い青、紫に黒
なんとも言えない色の音階だ！
N《ニカライ》・リョーリフの絵画みたいだ」（ガガーリン）

『春の祭典』の着装・舞台デザインに関わる

コンスタティノヴィッチの作品は
美術館を見たことがある
悩み抜いた気配を感じさせない
力強い筆圧に閃きする水脈
生命を感じさせる青の空風景に似て……

菜の花忌

二月如月　節分は疾うに過ぎた
花の季節にはまだ早く
陽の光も弱い
暖かいとは言い難いが日長となってきた
もうすぐ　春がくる……

つもごりに雪が降っても
霜がおりても
木や花は芽吹く準備をしている

朝ぼらけの心あるさま
季節はすぐそこにある

無精者なのに
作家の歩いた街道を辿る支度をしている
ホテルのバーでお見受けしたことも縁だろうか……
自然に本の世界へと引き込まれた不思議
活字の迫力に驚嘆し時にはゆっくり眠りに落ちる

Was können wir wissen?（我々は何をわかるのか）
Was sollen wir tun?（我々は何をなすべきか）
Was dürfen wir hoffen?（我々は何をのぞめるか）
カントの『人間学』からの問いは持て余し気味でも
自身を含めた人間をどこまで認知していたのか……

何度目の「菜の花忌」だろうか
知と仕事の賜物が詰まっている
膨大な資料と本に囲まれた書斎
時空の中にある史実が解けても
まだ　庭の花は咲きそうにない

雨の日には……

数詞がばらまかれた
雨の日に
仏蘭西語の翻訳は難しい
北欧語や津軽弁にも似ていて……

to neil le parole（約束を守る）
という言い回しには
「言葉を摑む」という意味も含む
水を数滴差した雄勝硯で墨が滲むように

Jeu de nots（言葉あそび）
のような……
硬い湿度が空を痛い色に染めあげる

気まぐれな天気は
ぽつりぽつりと雨を降らす
言葉選びがびしょ濡れとなるのが憂鬱だが
何故だろう……クラミツハのせいだろうか

雨は上空の雲から降り落ちるが
大気中の水蒸気が冷やされ
凝結した微小な水氷の塊

雲の中で滴が伸長し重力に耐えきれない雫が
地上に落下して恵や災をもたらす
氷結したものが再び融解してもそうなる

たわいのない遊びながら摑もうとすると
するりと記憶の隙間から逃げだす
語彙を扱う厄介さと似てなんだかそわそわしてしまう

季節の景色には趣がある
それを眺めていたら数多の星や月を隠す
詩作する意欲もくじけてしまう

広重の浮世絵
「大はしあたけの夕立」

傘にぱらぱら地面にシッシッと降る風情の醍醐味！

黒い雨は
時間の物語を語りついでくれるのか……
来るぞくるぞと走って帰った頃は遠い昔

シェルブールの雨傘は原色でも
巴里にお洒落な傘は欠かせない
なぜなら恋人たちの街だから……

方丈記の一節―『久しくとどまることなし』と
鴨川と共生し滞《ぜん》までも寄る辺ない都の息吹を感じる
体内の水分と呼応するようだ……

反射する雨に身を隠したゼウス
美女・ダナエを淫行し生まれたペルセウス
流星は綺麗だが雨の特異日なのが残念

Il pleut　（雨が降っている）
"Zazaa Zazaa…"
どんな雨だろうかアポリネールが表現するとこうなるらしい

Il pleure dans mon coeur　（街に雨が降るように）
comme il pleut sur la Ville;　（私の心に涙がふる）
Quelle set cette langueur　（心に染み入る）
qui penetre non coeur?　（この物憂さはなんだろう?‥）
〈Il pleure dans mon coeur—Verlaine〉

赤の物語

アンバランスでも不条理な事実に
均整がとれていて美しい物語もある
おどろおどろしいマニュキュアが印象に残る
中川幸夫の「カーネーション」
流れ出す血は溶岩のグラデーションか
瞬く閃光する画素に
ざっくりと割れて
卑猥な誘惑を醸しだす
夏にはじける無花果にも似ている

微笑む唇裂女とも
やるせなさで胸を突刺すから
夕映えの赫の彩雲が筋状となり流れていく
まやかしな弁柄が酸化する時間経過に
ヘモグロビンの凝固を観察していると
遠ざけられる可能性はない
鼻を摘まみ逃げるのが関の山で
戦国時に輝いていた鐵でもいい
Bの首飾りは洒落てはいたが
アン・ブーリンには掛けられない
偽りの咎を負わされて斬首刑にされてしまったから
且ての王妃であったとしても
仏から呼ばれたロムバウトが倫敦塔で首を撥ねた
邪《よこしま》なヘンリーからの伝言と

鉈を振り下ろす斧の鈍音
ネズミが滑りながら動き回っている

飛散する　赤だ！

蚯蚓をちょん切った時に蠢く
残酷だが普段と変わらぬ光景
蛇腹のような胴は痙攣して動き回り
何かで覆わないと大変なことになる
どこかで似た事象が起きる
太陽フレアの稀な隙間構造
オーロラ帯に妖しい濃赤色
冬物語が伝承する運命では
語部の口述さえ神話となる

夏・タイフーン

不自然に空の色がぬけていく
雨の通過点というより
がむしゃらに水を撒いたような
タイフーンの低いhPaでもわかる
気温が極端に上昇して
梅雨をまたぎこして来た
経験したことのない
自らが命を守ることの緊急性
降雨帯は葉をすべて落とし予兆を伝えている

木皮からも滝のようにすべっていく
信じられないほどの雨量が全てを語る
誰も望まない気候変動
川の大氾濫を招き
泥の筋が海へと続く
いつもと違う無機・有機物が沈殿し押し流す
水圧に耐えなかった崖は崩落してしまい
湧水の色が変わった途端に
山津波がやってきた
砲弾が発射されたような
土砂まじりの塊
意思があるかのような動きは
すべてを翻弄しつくして制御不能だ
生活が飲み込まれ

颱風一過には
数多の泥は歩みもままならず重く固まっていく
水にはみず
炎暑　真っ只中に過度な疲労倦怠をさせ
笑いがあった今までの日常は嘘みたい
今が存在しなかったから行方不明者数はいない
ボイメルが行方不明となった時の打電
　「局地的大雨アリ洪水注視モ、報告スベキ件ナシ」
列島の夏　異常あり……

砂時計

砂が落ちていく
その過程で認知した
薄墨の奈落に数理を崩した地図を
未明の亀頭が露を垂らして
くびれた処女の紗絹《うすぎぬ》を抱擁するかのように
硝子に閉じ込められた
現在を意味するオリフィス*
見えない刻を自然落下させる
過去から未来への雅語
未来から過去への背徳

喪服をたたむ時のように
迷路のなかで睡魔が襲う
絡まる蔦がうず高い砂に生え
絶句が登記された
手触りの滑らかな半幅帯を締め
白い骨を纏った乳房をあやして
無言の韻をふんでいる
そこでは微笑も涸れ
熟れた風は透きとおり
さらさらとながれていく
胸騒ぎさせる媚薬に似た
何かを感じさせる
きざまれ続ける時間は今を疑っているから……

＊　オリフィス…砂時計の括れた部分の名称。

Ⅱ　いまいましい果実

バルテュスの足

孤独を好む老人がいた
貴族の系譜をくむ二十世紀の巨人
その名は Balthus
「カーテンを閉めてくれ……」
ピカソも魅せられてしまう
それなのに貧弱な赤のワンピースを着た
少女の大腿部をたくし上げ
大胆に撫でながら
視姦する

瞳はどこを見ているのか
娘
従姉妹
和装の妻
反近代の機械的表情が
なすがまま
なされるままの
マリオネットに酷似している
光で表情を描くから
対局にある闇を渇望する
なぜならば
絵画の鼓動を止めてしまうから
暗い瞬間を所望して
空間心象を定着したくて

歪《いびつ》でしかも淫らに透けている
死神のような冷たい視界に
静謐な空間が重なる……
帆布《CANVAS》に筆を入れ続けている
鼓動を窺い知る手がかりにしたい
だから　眩しすぎる！
剝製とはならない les Pieds《足》

東ベルリンに向けて

カウンターカルチャーの旗手
David Bowie が死んだ　享年六十九歳
アンドロロイナス
中性美ではなく
心の叫びを歌にした
「僕たちをここから出せ!」
貴族が手袋をしないのははしたないし
ロッカーが Rock しないとみっともない
武士が刀を持たないように……
しかし　裸同然であったとしても

新しいものを創っていきたくて
本当のメッセージを届けたくて
おどけて Shrug しても
無言でいることも必要とされた
沈黙した中でも
まばたく瞳が動き
声の方向に耳を向けている
普段は何かに怯えているのに
今日は違っていた
でも石の壁は冷たくて
牢に囲まれているようだ
不可能かと思えた
「HOLT《とまれ》!」の声に
瓦解する時代遅れな要塞

ドミノ倒しのような冷戦ゲームに
上品な天鵞絨のようにはいかない
そんな事情が隠されている
解放されて嬉し涙や笑みが零れている
ノイズが入る映像にもわかる
壁のモンタージュは色とりどりに色が重ねられて
鶴嘴や鑿で壁を壊す
従順にそして順応にしていた
冷めた珈琲を飲む生活から
逸脱と非逃亡に屈した証が凝縮している
キース・ヘリングが描く破片アートや
市民の惜別が
頑固な色を表現している
あるいは　離散した家族に向けた言伝もあっただろう

だから記された欲求のすべてが挑発的だ
そんな時代を生きた事実を
見逃してはならない
史実が隠蔽されて
石の下に眠っていようとも
ただ　忘れてはならないのは
歪曲された問題がかま首をもたげる
蛇が獲物を威嚇するように
綱引きしていたReiche《富》が
格差となって夜の空気を冷たくしている

History repeats itself.
The second time is as the comedy the first time as tragedy.
(Karl.Marx)

紅い革命

サルトルとボーブォワールは酷い奴らで
インテリなのに
ジャン＝ポールは孔子も知らないし
シモーヌはフェミニストを自称していたのに
紅い革命の翻訳も読んでいない
弄ばれた　人民
ひっきりなしに嚔《くしゃみ》ばかりしている
コミンテルンという時代感冒に
花粉症のような

熱をおびる患者
議論が空転し続けついに隔離された
力線がいくつもあっても
存続は危険極まりない
文革なんぞを信じて
賞賛していたもんだから
どんな世間知らずでもアジテートすれば
賞賛される
祝典のように
糠よろこびで何度となくしくじったのに
赤い旗が先導して
大声に煽られて行進する
錆びた鎌が首を舐めて
円規で縛る縄をくくっても

かえって懲らしめられるのがおちだ
「造反有理」
なんて　惨いスローガンなんだ！
権力闘争の何ものでもないのに
粉々に破壊されても
秩序が維持できるなんて
空想でしかない
そんな科学は似非で
非人道的の何ものでもない
反乱という語彙は死語となり
盲進と無恥だけが残った
つかの間に利用された民衆プロパガンダ
紫玲よ
君はきれいで清らかだ！

なぜならば純粋だから

父よ、母よ
悲しまないで下さい
無駄に死ぬつもりはないから……

そそのかしの
かどわかし
字は潤之
五星紅旗に隠れて
インテリどもを
にんまりとせせら笑っていた
長江を泳いで頭を冷やしてから
火照った身体を誇示していた

生まれたばかりの蛆は白くとも
長征でも陽を避けて身を隠していたが
赤絨毯が敷かれた中華椅子に座して
火箸を持つように何事も慎重だった
青蠅のごとく
しぶとく付きまとう
矛盾論の彼は
日記にしたためている

　われわれは以前に知らなかったことの
　すべてを知ることになるだろう

後年
誰よりも老獪な老人

彼の真意を
皆が知ることになる……

夜と霧

投身自殺をした
プリーモ・レーヴィ
墓碑に刻まれた
意味のある素数
重い数字または記号
刻印された 174517
囚人の登録番号……
灰色に噎《むせ》ぶ
重い貨車の到着にごったがえす

ひっきりなしに降車する非アーリア民族
そぞろ歩く
闇に包まれた檻——
Das Konzentrationslager（強制収容所）
Auschwitz《アウシュビッツ》-Birkenau《ビルケナウ》

ARBEIT MACHT FREI.（働けば自由になる）

掲げられた3つの単語のアーチ
偽りのスローガン
北緯 50.03583 度
東経 19.17833 度
人はこんなに残酷になれるのか……
逃走できる生気はない

そんな　生き残った者の負い目——
サバイバルコンプレックスと後ろめたさが染みて
縞に囲まれた浮き彫りの骨が
涙まじりの脳裏に焼きつき離れない
「近代的知性の極北」
そんな　アドルノには注意しなければならない！
霧が薄れかけても
判別が不鮮明となってしまう
罪と罰の象徴である
負の遺産は佇んでいる
どこからもイデッシュ語は聞こえない……

『人々の死に自らの行為が間接的に関与していた』
（ゾフィア・チコビアク）

巴里は燃えたか？

Brent Paris?　（パリは燃えたか？）

独裁者は三回尋ねた
「廃墟以外の姿で敵に渡すべきではない」
それが厳命だった
失陥はドイツの凋落を意味し
フランスの象徴が返り咲くから
映画で見たことがある
スウェーデン総領事・ノルドリンクとの駆け引き

そして　心理戦を
陥落が濃厚となった１９４４年６月30日
焦土作戦を命じられた将軍・コルティッツは
それを無視し
災禍を免がれて街は燃えず
首都は解放された
従軍したＲ・キャパが撮影している
市内では愛国者は「浄化《E'quration》」とわめきたて
協力者への見せしめの粛清や私刑が横行した
故国に対する裏切者に唾を吐き
罵倒を浴びせて通りを歩かされる
引き回されて殴打されたりもしている
子供を抱えた丸刈りにされた親ドイツ女性たち
それを庇う父親らしき老人の姿……

勝利の歓喜のなかで
暗い時代を映したモノクロ写真が
当時の空気を今に伝えている

多くの悲しみのなかでさえ
街は何もなかったように口を閉ざす
巴里は涙を信じないから……

東京ローズ

Harbor Lights
ボズ・スキャッグスのアルバムにあった静かなバラード
Son of a Tokyo Rose.（東京ローズを母にもった。）
自分を詠う歌詞がやけに気になっていた……

戦意を喪失させる
「ゼロ・アワー」のチャーミングで甘い声
ラジオ放送から聞こえてくる
でも彼女は孤児のアン

絶望的な言葉に印象づけられ
郷愁を誘い
恋人や両親を想い
しんみりして
戦意を消沈させてしまう兵士たち
戦時下でのプロパガンダは一定の成功を収めた
そんな過去の出来事に興味を惹かれてしまう
誰かが名付けたその名前
後になって知った
魔女狩りのような事実を
東京ローズことアイバ・戸栗
米国の法廷は国家反逆罪で起訴し
禁固十年罰金一万《ドル》
市民権剥奪という有罪判決を与えた

反逆者としての汚名
☆が50個に満たなかった合衆国
自由の国でもあった白人優位思想
人種差別が合憲だった頃の
恥かしく心が痛む時代では

心休まる曲とともに彼女を忘れない……

ジャズシンガー

妹はストレス脆弱のアロティアン
誤作動で痛みが全身に刺さって
仙人掌《さぼてん》の鑑賞すら優しくない
性格が真逆で贅沢な姉は非婚の楽天家
避妊に失敗しても胎盤に三行半をつけた

ムーランルージュの甘い美声をだし
十字架を隠し持ち握りしめていた
幸せはくると信じていた

楽しく生きる事が世間の当り前だと
経穴の補充がなく欠乏したままだったのに……

Spirit lamp の毛細管現象
火炎の加減下手でフラスコの底は煤で黒い
ドクダミが群生する裏庭では
金継用の陶磁器が散乱し
いみりには蜘蛛の巣が張り巡らされている

家の歯車は狂っていっても
ただれたネガに写された扱けた腕
褪せた顔の痙《ひきつ》く思い出はない
お淑やかそうでもだみ声にこぶしを回す

煙草の紫煙と
ロートレックたちとのお喋り
猥雑にもみ消されても物笑いの種とならぬよう
懐かしい記憶は寝る瞬間に甦り
誰も愛せない疑似恋愛が繰り返される

壺

壺に何を語るのか
春画を秘めた　アンフォーラ
生娘をみたす　ルートロフォス

濡れたニンフが
貝の誘惑に女の日を予期した
くしくも鉢合わせした危険に
編文体の古事記を聴講していた

睡魔に支配されて鉛筆が落ちた
なだらかに意識が戻ると
腑に落ちない金縛りが待ち受け
身動きできずに堪えても
はからずも粗相をしてしまう

素戔嗚尊！

本性が推察されると
淫行を大蛇の仕業にすりかえるカミワザ
赤潮に染まる不浄が現れ
スメラミコトのご乱心が
清められた化身には丁度良くて

誰もが経験する月のものに居心地は悪くはない
倭ことばは凪いで
黙して
静かに流れよと……

人差し指をたてている
誤差の範囲で波風たてないように
隠匿させてはいるが

虚しい倦怠があったとしても
新月に潮は満ち
氾濫する波に処女を失った時のようだ
あて字が痛々しくて寸借された物語では

捕らわれまたは毀されたひの中
坂東方言の嬥歌《かがい》はどこにある
涙で消えるアルベルチーヌを思い出し
なぜ夕凪の海に老いても忘れないか
壺を覗いたりしないから教えてくれ……

耳

耳にあてた
コクトーの貝
どんな声がひそんでいるのだろう
冶金でこしらえた
三木のオブジェ
何が聞えているのだろう
クロノスが切除し
西風・ゼピュロスに運ばれて
泡がまとわりついた

満ち引きする潮
コッホ島のギザギザする画素が
卑猥な砂粒を垂らしたように
踠きながら絡みつく
誕生した　アフロディテ
まるで　斧足類《Pelecypoda》の足糸のように
分泌物で自然と接着する
触手をもつ磯巾着《イソギンチャク》のようで
揺らめきが甘い夢の誘いでも
受け入れがたい
チカチカした紅色が
唐突に彼方からやってくる
セイレーンの譫言に悲鳴をあげてしまう
月明かりに

神話の季節
静かな鏡が反射しようとも
凪に恋人たちが存在しようとも
ロマンチックな語らいに耽り
海の響きを告白している
傍らにある日常
柔らかい骨が聞き耳をたてている
湿っている淫靡な耳元でさえ……

鎌倉

定型の吃水を湛えて
飛び地のような
海と山に囲まれた要害
寺の邑《まち》
季節はいつもの汐風に病んでいた
街道沿いのただならぬ気配に
威嚇する　ハンミョウ

いざ、鎌倉へ！

かつて　坂東武者が馳せ参じた
暗い切通しの崖
逆巻く駆け引きで気流すら渦となり
巻きあげられた砂塵
勢いあまった
「べし」の方言
濃い汗に
初潮のかほりが相まって
中世へといざなう
今は静けさのなかの凝灰岩だが
矢倉《やぐら》に蹲《うずくま》る
幻の影たち
開葬ができないから

洞穴は霊場を暗示している
無数の墳墓群が佇み
苔むす五輪塔が供養の証でも
還俗した教祖の喉骨さえ
忍冬《すいかずら》にからまり
たおやかに風化する
予測できない過去を秘めた
しからしき梵字に
素性もわからなくて
気絶しそうだ
それは子宮に傷をつけられても
誰にも奪われたくない安息と
触れがたく
気化してしまいそうな

初心な肉体だけの
ませたかいかぶりに
誕生と死の儀式が見え隠れするから……
だから　心は泣いている
かの地のまほらを吟じ
鎮座する仏に
偏《ひとえ》の安寧を願う

無病息災……

寄生木の隙間に
木漏れ日をいだき
鳥の囀りに煽られて
笑い死にする

やつかれのすずなりの祈りは
山連《やまなみ》に反響していた

実朝の大公孫樹
太刀に滴る
血糊跡

無常に等しい
浅眠で魘《うな》される
鎌府《れんぷ》のくすんだ夢をみた

紛争の地

新たな地政学がキナ臭い狼煙を上げている
主要なインフラも市民生活の場まで
滅失された新たな名詞の登記が進む
地図記号も一新され
言語強制が始まった
焚書のような少数言葉
ことばは故郷に直結する
パウル・ツェランは書いた

蒲公英よ、ウクライナはこんなにも緑。
私の母は家に戻ってこなかった。（関口裕昭 訳）

動詞の涙が雨と泥に同化し
砲撃の轟音は
シュプレヒコールも遮った
安堵できるところは地上にはない
親と接吻して土地を離れる者
残る者も残された者も同様に不憫だ
逃走する風はわかれを暗示し
大地につけられた楕円のインクのような痕跡に
血が滲みついている
穀物畑は焼かれ
森は植生とは違った隠れ蓑となり

犠牲者と武器が同居している
何人の屍がこの戦いには必要なのか
既読にならないメール
電池の入らない携帯
犬が鼻を押しつけ主を待っていた
無差別の連鎖を止めるのは誰なんだ！

桃の季節

桃の果汁は甘い
だから　羨ましい
厄払いの節句も子女に限られているし
花は春を告げるのにふさわしい
櫻は散りかけがいいし
桃は咲く瞬間が魅力的だ

父の実家は桃農家だった
新鮮な桃には薄毛がついていて

もいだ手で顔に触れたりすると
硝子繊維のようなうぶ毛でかぶれたことがあり
泣いた記憶がある
たらふく食べていた幼少期の夏休みを思い出す

「とめてくれるなおっかさん」
橋本治の本に卑猥な感情をもった時期があった
羅列された桃と果肉の色に
割れた尻のフォルムが同化したから
或る意味飢餓状態だったか……
それ以来剝いてもらった桃しか食べない

硬いのが好き
それとも

柔らかいのが……

後者が好みなのだが
破廉恥のようで聞くのには憚られた青春時代
（想像すること自体が罪なのに……）
刺激的な果実は桃の他にない
過度な夢想家だったか嫌悪感が支配していた
果実の季節が待ち遠しい

十二夜に

血を飲み干すような想い
心が疼く恋煩い
唇は生命の扉なのに
命知らずの墓掘人さえ頭を抱える

陰気な午後
断続する野蛮な牙を剝き出し
笑い死にする悲劇が
嵐の叫びのような唸り声をあげていた

恋に破れた男と逡巡した女
何百回も滑らした口唇の記憶に
「さよなら」をした瞬間
沈黙が支配した

死ぬ時が来て
何からも解き離されずにいたら
海で生き別れとなる喜劇の十二夜に
砂が混じる骨の漂着を待つこととなる

休日の雨

ピアノを弾いたような雨
細くて見えない天水は
3度傾いて降る

湖面を濡らす
針を刺すように
一時　縞雲が顔をだしていたのに

首を精一杯に伸ばして
生気ない顔のバレリーナが踊っている

白鳥も声を凍らせて歌っている
不文律が覆われて
くしゃくしゃに丸められた紙のように
夜は闇を飲み込む

脳回*は汗を流し
世紀を記憶した氷床融解が始まるなか
踏み固まり棚氷に閉止した気泡もはじける

塞がれた饒舌な物語では
文語の帰属も気化し
憂鬱な雨が休日に水を差す……

* 脳回…脳のシワ。

蝶の迷宮

藤袴に群がるアサギマダラ
翅の模様が鮮やかで
白い内側に
黒の翅脈がはしる

美しいものには毒がある
天然の有機化合物
アルカロイドが性フェロモン分泌時に必要らしい
警戒色で捕食者にそれを知らしめている

捕獲したのを見せてもらうと
半透明の翅にマーキングがされていた
個体識別をして
移動距離など調査しているそうだ

専門家曰く
秋には台湾まで南下する個体もあるとのこと
越冬や大量に死んでいるところもわかっていない
研究途上とのことだ

身近に興味深い蝶が生息していることに驚いた
白い崖《チョーク》のシラフラめがけて津軽海峡も越える
北米からメキシコまで渡り蝶のペーパーバック

『Flight Behaviour』も興味深い

小笠原や南西諸島でも
迷い蝶がいるという
台風で流されたりしているのだろうか
蝶の迷宮の解読にはまだ時間がかかりそうだ

海のカデンツァ*

塩分濃度が高い冬の海
どこからともなく聞こえるピアノ曲
砂のホールで戯れる演奏者たち

オーケストラにあわせ指先で気流を制御し
気持ちよさそうに風に身を委ねている
雨のドレスと夜のテイルコートで

優雅にしっとりと

真珠の耳飾りが揺れ
銀のネクタイが光る

遠雷を放射するティンパニが旋律を盛上げ
奏でられる世界を混ぜ返す
泡のように消えていく音符たち

一過性の響きがユニゾンとなり
祝福される永遠は
水半球を伝播していく

それは　凪いで静かなのか
荒れ狂うのか
雲が動くように弾奏は進行する

バルトークは黙し
ラフマニノフが悩み
プロコフィエフも惑う

海のカデンツァは
優しい夜に
コンサートをときめかせる……

＊ カデンツァ…独奏（唱）者がオーケストラの伴奏を伴わず即興演奏すること。

ことば遣いについて気になるようになっている。また、歴史への回帰をモチーフにした詩語にも試みている。「歴史は繰り返す」という言述《ディスクール》も入れたが、現代詩はもっと複雑に絡み合い、糸が解けずぎくしゃくしていないか……それが正に世界の出来事と共通するかのようである。

感性より「気が付く力」、「発見する喜び」そして「何かを完結する達成感」が互いの満足感を満たし融解していき「凍てついたことばや力学」も変容していくと考えている。

最近、記憶の定着性に自信がない。一度聞けば忘れなかったものも反復していかねばならなくなった。漸進的「老い」より失念しないため「反復」に変容しつつあるのはどうしてか……。このような問題点にも行きつくのである……。何か詩句の欠片が響けば幸いである。

二〇二三年七月

久保俊彦

著者略歴
久保俊彦（くぼ・としひこ）

1960年　東京生まれ

詩集　2017年7月31日『ベンヤミンの黒鞄』（幻冬社）

一般社団法人　高知ニュービジネス協議会　顧問
学術博士

現住所　〒981-0903　宮城県仙台市青葉区台原森林公園 1-1-214

詩集　過激《かげき》な夢想家《むそうか》の桃《もも》

発行　二〇二三年十月二十日

著者　久保俊彦
装丁　直井和夫
発行者　高木祐子
発行所　土曜美術社出版販売
〒162-0813　東京都新宿区東五軒町三―一〇
電話　〇三―五二二九―〇七三〇
FAX　〇三―五二二九―〇七三二
振替　〇〇一六〇―九―七五六九〇九
印刷・製本　モリモト印刷
ISBN978-4-8120-2805-6　C0092